사랑합니다
처음 만난
그 느낌 그대로
그대를 사랑합니다

사랑합니다 처음 만난 그 느낌 그대로 그대를 사랑합니다

엮은이 | 김철주
펴낸곳 | 도서출판 지식서관
펴낸이 | 이홍식
등록 | 1990. 11. 21 제96호
주소 | 경기도 고양시 덕양구 고양동 31-38
전화 | 031)969-9311   팩스 | 031)969-9313
e-mail | jisiksa@hanmail.net

초판 1쇄 발행일 | 2024년 1월 10일

사랑을 위한 세계 테마 사랑 시집

사랑합니다
처음 만난 그 느낌 그대로
그대를 사랑합니다

수잔 폴리스 슈츠 외/김철주 엮음

사랑하는 사람은 아직도
사랑할 시간이 남아 있다는 것을
행복해합니다

잊혀진 줄 알았던 그 순간들도 사실은
그대가 그립기 때문에
사랑의 여백으로 남아 있습니다

사랑의 행복과 상처에 주는 마음의 평화

　여기에 수록된 시편들은 모두 사랑을 주제로 한 외국 시들입니다. 이 시들 속에는 미국, 프랑스, 영국, 러시아, 서 중남미, 일본 등 세계 여러 나라의 시인들 가운데 우리의 정서에 맞는 가장 아름답고 가장 마음 아팠던 순간들을 소중하게 간직한 작품들입니다.

　특히 이 시집들 속에서 우리가 주목해서 읽을 것은 사랑에 대하는 시인들의 태도입니다. 열정과 슬픔, 이별과 분노, 만남과 죽음 등을 눈물겹도록 근엄하고도 진지하게 고백하고 있는 모습은 비록 고전적이기는 하지만 사랑의 가치가 소멸되고 붕괴되고 있는 오늘날의 사랑의 방식에 시사해 주는 점이 크기 때문입니다.

　여기에 실려 있는 시편들은 사랑이 주는 감정들을 세밀하게 묘사해 놓고 있어 우리를 출렁거리는 감정의 오묘한 세계로 이끌고 있습니다. 이 감정들이야말로 이 시집을 읽는 참된 의의에까지 이를 수 있을 것입니다.

　널리 알려진 대로 사랑에는 기술이 필요합니다.

사랑은 열정과 그리움, 이별과 죽음, 미움과 갈등 등을 서로 조절하며 나와 다른 사람을 사랑할 수 있어야 합니다. 죽음에 이를 수도 있는 사랑마저 폭력과 광기 등을 깊숙이 숨긴 채로 그 따뜻한 사랑만을 앞세우기 쉽습니다. 그러나 사랑은 보다 본질적이고 보다 실존적인 것입니다. 우리가 전 생애를 바쳐 사랑에 집착하고 있는 이유도 여기에 있습니다.

이 시집에 수록된 사랑의 시편들이 사랑하는 방식과 사랑을 대하는 마음에 도움이 되고, 사랑의 상처를 치유하는 데 위안이 된다면 그것만으로도 그 바라는 힘을 다할 것입니다. 더 나아가 시를 좋아하고 사랑하는 사람들에게 좋은 사랑의 시를 읽는 즐거움을 가져다 줄 수만 있다면 더할 나위 없는 이 시집은 그 몫을 다한 것이라 생각합니다.

사랑의 풍요로운 행복과 사랑의 쓰린 상처에 부디 여기에 있는 시들이 우리들 가슴에 조용히 출렁이며 물결쳐 마음의 평화에 이르기를!

김철주(시인)

차 례

그대를 위하여
1

사랑은 아무 것도 감추지 않습니다
사랑하는 사람들은 마음 속 깊이 그렇게 서로를 믿습니다
그 눈부신 투명함 속에……

그리움이 시작되는 곳에서
2

나는 당신을 사랑해요 내 영혼이 눈에 보이지 않게
저 멀리 당신의 존재와 이상적인 아름다움을 더듬으며
도달할 수 있을 만큼 깊고 넓게
당신을 사랑해요 내가 잃어버린 것으로 여겼던
그런 그리움으로

너를 바라볼 때
3

모든 시간들이 행복했습니다
혹시 우리의 만남이 이것으로 끝나지 않을까
내가 그대를 실망시키지나 않을까 하는
그런 걱정들을 빼놓고는
그대와 나는 사랑에 빠졌습니다

사랑이 우리 사이로
4

사랑보다 더 아름다운 것은 없다라는 생각을 자주 떠올리곤 합니다
그대 사랑은 그대가 내 우주를 채우고
내가 그대 우주를 채울 수 있을 때에만 피어난다는 것을 알고 있습니다
그대의 흔들리는 마음도 오직 나의 사랑을 위해서만 존재한다는 것을
비로소 깨달았기 때문입니다

제 **1** 장

그대를 위하여
그대를 위하여
그대를 위하여

그대를 위하여

그대를 위하여

사랑은 아무 것도 감추지 않습니다
사랑하는 사람들은
마음 속 깊이 그렇게 서로를 믿습니다
그 눈부신 투명함 속에……

그 무엇이 우리를 사랑에 빠지게 했는가

때때로 나는
그 무엇이 우리를 사랑으로 빠져들게 했는가
생각해 보곤 합니다.
우리는 서로가 매우 달랐지요.
부드러움과 강인함,
서로가 추구하는 이상향과 개성마저도 달랐지요.
그런데도 우리의 사랑이 나날이 커져만 가는 것은
서로의 다른 점들이 우리의 관계에
열정을 더해 주었기 때문입니다.
그리고 우리가 함께 있을 때면
서로가 혼자였을 때보다
더욱 강해진다는 것을 알고 있었습니다.
우리는 서로가 매우 다르게 태어났습니다.
그러나 우리는
너무도 많은 느낌과 감정을 함께 나누었습니다.

이제는 우리가 왜 사랑에 빠지게 되었는가 하는 것은
아무런 문제가 되지 않습니다.
모든 문제는 내게 달려 있고
우리는 서로를 사랑할 것입니다.
영원히……

‒수잔 폴리스 슈츠

서로 사랑하는 연인들

서로 사랑하는 연인들은 밤의 입구에 기대어 서서 입을 맞추고
그러면 지나가는 행인들은 그들을 손가락질하리라.
그러나 서로 사랑하는 연인들은
어느 누구를 위해 거기 머무는 것이 아니다.
행인들의 분노를 자아내며
그들의 경멸, 그들의 비웃음, 그리고 그들의 시샘을 자아내며
어둠 속에서 떨고 있는 것은
오직 그들의 그림자일 뿐
서로 사랑하는 연인들은 어느 누구를 위해 거기 머무는 것이 아니다.
그들은 밤보다 훨씬 멀고
낮보다 훨씬 높은 어느 다른 곳에 거주한다.
그들 첫사랑의 눈부신 투명함 속에……

- 자크 프레베르

사랑에 빠졌나 봅니다

요즘 나는
요정의 나라에서 살고 있는 것이 아닐까,
요술에 걸려 있는 것이 아닐까 하는
행복한 착각에 빠지곤 합니다.
그대를 생각할 때마다
세상은 눈부시게 빛났고
당신은 하늘에서 내려온
더없이 아름다운 선녀가 됩니다.

혼자 허공을 바라보며
히죽이 웃는 나를 바라보며
친구들이 갖은 말로 놀려대며 박장대소를 합니다.
그 소리에 놀라 문득 정신을 차릴 때면
어느새 요정의 나라는 사라지고
선녀 같은 당신의 모습도 사라지고
메마르고 혼돈스러운 세계가 성큼 다가옵니다.

그러고 보면 현실이란
낙원에 대한 꿈과 희망을 포기한 사람들의 세계가 아닐까요.
삶 속에서 요술을 찾는 눈을 잃은 사람들의
세계인지도 모르겠습니다.

아니, 어쩌면 현실을 이야기하는 사람들은
사랑과 믿음과 희망을 간직하려는
힘과 의욕을 잃은 사람들인지도 모릅니다.

- U. 사퍼

촛불을 끄지 마

사랑스런 벗이여 그대의 방에
내가 찾아온 것도 이번이 마지막,
그대와 더불어 아늑하고 행복한
사랑의 밀어를 나누는 것도 이번이 마지막,
우리 앞에 놓인 것은 고통스런 시간과 희망 속의 고독.
깊은 밤 이제는 나를 더 이상 기다리지 마.
아침 햇살이 그대의 창에 비칠 때까지는
촛불을 끄지 마.

― 알렉산드르 푸시킨

그가 내 마음을 전혀 몰라줄 때

이놈의 전화를 없애버릴 수만 있다면
나는 그에게 전화를 안 해도 될 텐데.
그러면 그는 또 시간을 낼 수 없다고 하겠지요.
내 감정을 상하게 하는 일이
그로서는 즐거운 것처럼 여기는 것이 아닐까요?

내가 그를 사랑하듯
그가 나를 사랑한다면
우린 더할 수 없이 즐거울 텐데 말이지요.
이게 사랑이지요.

－에리히 케스트너

그대를 만날수록 그대가 그립습니다

우리가 만난 지 얼마 되지 않아
잠시 서로 떨어져 있어야 했습니다.
하지만 내 머리 속엔
노란 원피스를 산뜻하게 차려 입고
환하게 미소 짓던 그대의 모습이
아주 선명하게 박혀 있습니다.

다시 만날 날이 가까워오면서
은근히 걱정이 되기 시작했습니다.
무슨 말을 해야 하나?
얘기가 잘 풀려나갈까?
서먹서먹하면 어쩌나?

그러나 막상 그대를 만나고 나서
그런 걱정은 괜히 기우에 불과했다는 것을
알게 되었습니다.

우린 아주 오래된 친구처럼
마치 어제도 만났던 연인처럼 즐거워지고
시간이 부족할 만큼 할말이 많았습니다.

어쩌다 잠시 이야기가 중단되어도
그것마저 꿈처럼 아름다웠으니까요.
그렇습니다, 이것이 바로
사랑의 기적이 아니고 무엇일까요?

그대여, 나 그대를 만날수록
그대가 그리워집니다.

                                      - U. 사퍼

그녀는 아름답게 걷는다

구름 한 점 없는 밤하늘의 총총한 별처럼
그녀는 아름답게 걷는다.
어둠과 광명의 정화는 모두
그녀의 얼굴과 눈 속에서 만나서,
하늘이 거절하는 낮의 속된 빛과는 다른
부드러운 빛으로 무르익어 간다.

그늘이 한 점 더 많거나 빛이 하나 더 모자랐더라면,
검은 머리카락마다 물결치는
혹은 부드럽게 그녀의 얼굴을 밝혀주는
저 이루 말할 수 없는 우아함을 해쳤으리라.
그녀의 얼굴에서 맑고 감미로운 숨결이 이렇게 표현해 준다
그 숨결의 보금자리가 얼마나 순결하며, 사랑스러운가를.

매우 상냥하고 침착한, 그리고 웅변적인

저 뺨과 저 이마 위에서

사람의 마음을 사로잡는 미소, 환하게 피어나는 얼굴빛은

말해 준다, 선량하게 지냈던 시절,

지상의 모든 것과 화평한 마음을……

순진한 사랑의 심장을……

　　　　　　　 - 조지 고든 바이런

내가 당신을 어떻게 사랑하느냐구요?

당신을 어떻게 사랑하느냐구요? 헤아려 보겠어요.
나는 당신을 사랑해요. 내 영혼이 눈에 보이지 않게
저 멀리 당신의 존재와 이상적인 아름다움을 더듬으며
도달할 수 있을 만큼 깊고 넓게
나는 당신을 사랑해요. 태양 아래서나 혹은 촛불 아래서,
나는 당신을 자유롭게 사랑해요.
사람들이 각자 자기의 권리를 찾기 위해 투쟁하는 것처럼,
나는 당신을 사랑해요. 사람들이 칭찬에 익숙해지는 것처럼.
나는 당신을 사랑해요. 나의 옛 슬픔에 쏟았던 정열로서,

그리고 내 어린 시절의 신앙으로서

나는 당신을 사랑해요. 세상을 떠난 나의 성인들과 함께

내가 잃은 것으로 여겼던 사랑으로서, 나는 당신을 사랑해요.

내 평생 동안, 숨결과 미소와 눈물로!

그리고 신이 당신을 선택하신다면,

죽고 난 뒤에도 더욱더 당신을 사랑하겠어요.

– 엘리자베스 배럿 브라우닝

노래

사랑하는 사람아, 내가 죽더라도
나를 위해 슬픈 노래는 부르지 말아요.
내 머리맡에 장미도 심지 말아요.
그늘을 만드는 실삼나무도 심지 말아요.
내 무덤 위에서 푸른 풀 되어 주세요.
비가 온 뒤에도 이슬 방울 맺혀 주세요.
그대 생각나거든 기억하고
생각나지 않거든 잊으세요.

난 그림자도 볼 수 없고
비가 내려도 느끼지 못할 거예요.
고통스럽게 노래하는
나이팅게일 소리조차 듣지 못할 거예요.
눈을 뜨지도 감지도 않는
어스름 속에서 꿈꾸며
난 아마 기억할 거예요.

- 크리스티나 로제티

그대를 만나고부터

그대를 만나고부터
나는 행복했습니다.
혹시 그대를 실망시키지나 않았을까
우리의 만남이 이것으로 끝나지나 않을까
나로 인하여 그대가 불행해지나 않을까
그대에게 어떤 문제가 생기지 않았을까
스스로 걱정했던 시간들을 빼놓고는
모든 시간들이 행복했습니다.
나는 그대와 사랑에 빠졌습니다.
그리고 쓸데없이 많은 걱정을 했던 것 같습니다.
그것은 그대를 너무도 사랑했기 때문입니다.

— 수잔 폴리스 슈츠

기억해 줘요

날 기억해 줘요, 나 떠나고 없을 때
머나먼 침묵의 나라로 훨훨 날아가 버렸을 때.
당신이 그 품 안에 다시는 날 안지고 못하고
돌아설 듯하다가 돌아서지 못할 때.
우리 장래에 대한 당신 계획을 날마다 나한테
더 이상 얘기하지 못할 때까지 날 기억해 줘요.
오직 날 기억해 주기만 해요
그때엔 어떤 의논도 기도도 이미 늦은 것을 알 테니까요.
잠시 나를 잊을지라도
그 후에 곧 기억해 줘요. 가슴 아파하지는 말고
잊지 않고 괴로워하느니 보다
잊고서 웃는 편이 더 좋다는
일찍이 내가 가졌던 그러한 생각의 흔적에서
사라지게 되거들랑……

– 크리스티나 로제티

사랑보다 아름다운 것은 없다

고독한 나는
내가 믿는 것처럼 믿지 못하고
그대가 생각하고 있는 것처럼
생각하지를 못한다.
고독한 나는
남들이 사랑하는 것처럼
사랑하지 못한다.
그러나 그대처럼 언젠가는 나도 죽을 것이고
그 전에 더 이상은 망설이지 않고
그대를 사랑할 것이다.

그대와 내게는
사랑보다 더 아름다운 것이란 없다.
그대의 사랑은 그대가 내 우주를 채울 때에만 피어나는 것
그대의 흔들리는 마음도
나의 사랑을 위해서만 산다.

- 버지니아 울프

사랑은 언제 완성되는가

나는 그녀에게 물어 보았어.
사랑은 언제 완성되는가?

그녀가 대답했지.

사랑은 무한의 공간이야.
해변 없는 바다야.
끝없이 타오르는 불길이며, 끌 수 없는 빛이야.
고요한 바람이며,
혹은 사나운 폭풍우야.
번개치는 하늘이며, 혹은 비내리는 하늘이야.
노래하는 개울이며,
혹은 울부짖는 개울이야.
봄이면 꽃피우는 나무이며,
가을이면 벌거숭이되는 어린 나무야.
오르막 산이며, 내리막 골짜기야.
비옥한 평야이며, 메마른 사막이야.

이 모든 것을 알 때
사랑은 완성에 이르는 것이야.

이 모든 것을 느낄 때
너와 나는 비로소 사랑에 접어드는 것이야.
이 모든 것을 보고, 겪고, 이해하는 사람만이
자기의 사랑을 이룰 수 있는 거야.
사랑의 그림자의 그림자가 될 수 있는 거야.

— 칼릴 지브란

갯버들 정원에서

저 아래 갯버들 정원에서 나는 애인과 만났네.
그녀는 조그맣고 눈처럼 흰 발로 갯버들 정원을 지나갔네.
그녀는 사랑을 편하게 생각하라고 말했어,
나무 위에 자라는 잎새와 같이.
그러나 나는 젊고 어리석어 그 말을 따르려 하지 않았네.

강가 들에서 애인과 나는 서 있었네.
기울인 내 어깨에 그녀는 눈처럼 흰 손을 얹었지.
그녀는 삶을 편히 여기라고 말했어,
둑 위에 자라는 풀들과 같이.
그러나 나는 젊고 어리석어, 지금 눈물에 잠겨 있네.

- W. B. 예이츠

레몬나무는 바람에 흔들리고

– 바닷가 마지막 집

바닷가 마지막 집에 나는 그대가
살았으면 좋겠어요.
그곳에는 활짝 핀 레몬나무들의
검은 우듬지가
향기로운 바람에 무겁게 흔들리곤 하지요.

세상에서 가장 멀리 떨어져 있는
그곳엔 모든 소리가 잦아들고요.
다만 어스름만이 소곤소곤
한 시절을 이야기할 뿐입니다.

– 라이너 마리아 릴케

헤네프강가에서

작은 시내의 경치가 황혼 속에 졸졸 흐르고,
푸르스름한 하늘 어둑어둑 물러가는 모습,
이것은 거의 황홀의 경지라네.
모두가 문을 닫고 잠자리에 들었네.
온갖 말썽과 근심과 고통이
황혼 아래 사라졌네.
이제 황혼과 냇물의 부드러운 흐름뿐.
시내는 영원히 흘러가리.

그대 위한 사랑이 여기 있음을 나는 깨닫네.
내 사랑 모두 보느니, 황혼과 같은 전체를 보느니.
내 사랑, 큰 사랑, 아주 큰 사랑, 전에 보지 못한 사랑,
작은 불빛과 불똥과 잡다한 방해물과
말썽과 근심과 고통으로 보지 못한 사랑.

그대 부르고 나는 대답하고
그대 원하고 나는 완성하고
그대는 밤 나는 낮,
이 이상 또 무엇이 있으랴. 이것으로 완전하고 충분한 것.
그대와 나
또 무엇이 있으랴?
이상도 해라, 그런데 왜 우리는 고통스러운가!

-D. H. 로렌스

당신을 너무도 사랑하기 때문에

너무도 당신을 사랑해요.
그래서 나는 당신이 행복하기를 바라지요.
당신에게 무엇이 필요한지는
나보다 당신이 더 잘 알아요.
나는 당신에게 말하겠어요.
두려움 없이 그것을 찾아보라고.

너무도 당신을 사랑해요.
그래서 나는 당신이 자유롭기를 바라지요.
나는 알고 있어요.
자신을 누군가와 나누기 전에는
당신 자신이 가장 소중한 것임을.

너무도 당신을 사랑해요.
그래서 나는 당신이 자신을 지킬 수 있게
당신의 권리를 존중하고 인정해요.
우리 사이의 다른 점들도
우리가 사랑을 나눌 때면

서로를 끌어당기는
끈이 될 수도 있을 거예요.

너무도 당신을 사랑해요.
그래서 나는 기꺼이 당신을
다른 사람과 나누겠어요.
언제나 나와 함께 있어 주기를
바라지도 않겠어요.
우리가 함께 할 짧은 시간과
당신의 마음 한 자락만 있으면 돼요.

너무나 당신을 사랑해요.
그래서 나는 당신과 늘 함께 있고 싶어요.
당신이 가장 원하는 것을 가지고
나는 언제나 당신이 있는 곳에 있으니까요.

– 허시

제 **2** 장

그리움이 시작되는 곳에서
그리움이 시작되는 곳에서
그리움이 시작되는 곳에서
그리움이 시작되는 곳에서

그리움이 시작되는 곳에서

나는 당신을 사랑해요, 내 영혼이 눈에 보이지 않게
저 멀리 당신의 존재와 이상적인 아름다움을 더듬으며
도달할 수 있을 만큼 깊고 넓게
당신을 사랑해요 내가 잃어버린 것으로 여겼던
그런 그리움으로

연인

그녀는 내 눈 속에 있네.
그리고 그녀의 머리칼은 내 머리칼 속에
그녀는 내 손의 모양을 가졌네.
그녀는 내 손의 빛깔을 가졌네.
그녀는 내 그림자 속에
마치 하늘에 던져진 돌처럼.

그녀의 빛나는 눈동자 속에서
나는 잠들지 못하네.
환한 대낮에 그녀의 꿈은
태양을 증발시키고
나를 웃기고 울리고 웃기고,
별 할 말이 없는데도 말하게 하네.

– 폴 엘뤼아르

첫사랑

아! 누가 그 아름다운 날을 가져다 줄 것인가,
저 첫사랑의 날을.
아! 누가 그 아름다운 때를 돌려 줄 것인가,
저 사랑스러운 때를.

쓸쓸히 나는 이 상처를 기르고 있다.
끊임없이 새로워지는 한탄과 더불어
잃어버린 행복을 슬퍼한다.

아! 누가 그 아름다운 날을 가져다 줄 것인가!
그 즐거운 때를.

－J. W. 괴테

입맞춤

부드럽게 속삭이는 산들바람은
노래하며 미소짓는 잔물결들과 입맞춤하네
태양은 구름과 뜨거운 입맞춤하며
서녘 하늘을 진홍빛으로 물들이네
타오르는 몸에서 솟는 불꽃은
다른 입 속으로 미끄러져 들어가네
버드나무도 머리숙여 강물과 입맞춤하네.
그리고 다시 또 한 번 그렇게……

– 구스타보 베케르

하찮은 사랑으로

하찮은 사랑으로 나는 한때
고통을 이기려고 했다.
빛바랜 조개더미 둑으로 밀물을 막았고
한때는 하찮은 지혜로 고마운 목마름을 찾기도 했다.

하찮은 꿈으로 나는 한때
꽃밭 길에 나의 발길을 막았다.
음모의 밤을 발가벗기고는 긴 세월 후려치는
맞바람 지켜보고는 지하무덤처럼 귀가 멀었다.

군중의 패러독스가 세운 대리석 벽,
그곳으로 나는 견디기 위하여 달아났다.
천진한 얼굴들로 하여 더해 가는 고독, 한때는 하찮은 시력으로
파열된 피의 바퀴에서 굴러 그 침묵의 복판으로 떨어지기도 했다.

그리고 이것을, 육신의 우연한 사건을
나는 인간의 영원한 교훈이라 칭송했다.

친밀의 끈을 풀려는 하찮은 열망으로
정말이지, 맹세코 맥박은 스러져 가고
뻗치는 육신의 굶주림이 시간마다 울부짖었다.
미움의 진실 속에서 나는 구원을 알았지만
그러나 그 세심한 균형에서 벗어나고
한때는 하찮은 노력으로 평화를 쌓았지만
그러나 그 상처에 놀라고 말았다.

오래도록 그들은 밤을 세워, 바람과 잠잠해진 밤의 분노
그리고 바다의 발소리는 내부에서
터져나오는 거짓으로 드러나고……
하찮은 불길로 나는 한때
불사조의 씨를 말린 장작더미에서 죽어가기 시작했다.

　　　　　　　－ 월레 소잉카

당신의 전화

기다립니다.
당신의 목소리와
당신의 미소를
매일 아침 기다립니다.
당신의 손길과 당신의 눈길
그리고 전화벨이 울리기를 기다립니다
어떤 이유든, 변명이든, 당신의 한 마디 말을
무엇이든 기다립니다.
농담이라도 좋고 노래라도 좋겠지요.
그리고 마침내 전화벨이 울리고
당신의 목소리에
내 마음은 날아오릅니다.

– 다니엘 스틸

연애란

가장 이상적인 사랑이란 낭만적인 사랑입니다.
사랑을 받는 사람은
사랑하는 사람의 거울이 되는 법입니다.
그에게서 내가 거울이 될 때
나의 동경 속, 고뇌와 슬픔도 잊게 됩니다.

연애란 상대의 거울이 되어 주는 일입니다.
두 사람이 한 사람의 생명적인 상태일 때
연애는 상대의 영육 속에
참배하는 거울입니다.
연애 속에 초월한 선은 없는 것입니다.
내재적인 신도 없는 것입니다.
영혼과 육체를 합쳐 포옹할 사람은
두 사람이 거울 속에 나타날 때 보이는 법입니다.

– 버지니아 울프

우리는

우리 둘이는 서로 손을 맞잡고
어디서나 마음 속 깊이 서로를 믿는다.
아늑한 나무 아래 어두운 하늘 아래
모든 지붕 아래 난로가에서
태양이 내리쬐는 텅 빈 거리에서
사람들의 망막한 눈동자 속에서
현명한 사람이나 어리석은 사람 곁에서라도
어린 아이들이나 어른들 틈에서라도
사랑은 아무 것도 감추지 않는다.
우리들은 그것의 확실한 증거
사랑하는 사람들은
마음 속 깊이 그렇게 서로를 믿는다.

— 폴 엘뤼아르

나 그대를 사랑하는 까닭은

나 그대를 사랑하는 까닭은
아무도 그대가 준 만큼의 자유를
내게 준 사람이 없었기 때문입니다.

나 그대를 사랑하는 까닭은
그대 앞에 서면
있는 그대로의
내가 될 수 있는 까닭입니다.

나 그대를 사랑하는 까닭은
그대 아닌 누구에게도
그토록 자신을
깊이 발견할 수 없었기 때문입니다.

－U. 샤퍼

새로운 사랑

그녀는 새 잎을 지니고 있다.
그녀의 꽃이 다 시든 후에,
서리가 상처낸
작은 아몬드나무처럼.

– 리차드 올딩턴

54

밤의 파리

어둠 속에 하나씩 불붙이는 세 개피 성냥
첫 개피는 너의 얼굴 모두 보려고
둘째 개피는 너의 두 눈을 보려고
마지막 개피는 너의 입을 보려고
그리고 송두리째 어둠은
너를 내 품에 안고 그 모두를 기억하려고.

－자크 프레베르

사랑이 파탄에 이르렀을 때

제 과거를 오해하지 마세요.
묻지 않으셨지만 숨김없이 얘기할게요.
제 얼굴을 똑바로 쳐다보지 마세요.
죽기보다 두렵고 부끄럽지만 사실대로 말하겠어요.
모두 들은 뒤에도 여전히 당신이 저를 좋아하리라
생각지는 않아요.

용서해 주신다 해도
지금 그런 일은 문제가 되지 않아요.
저는 남자에 지쳤고 기다림에 지쳤어요.
한꺼번에 두 사람의 애인이 있었다면
그래도 수긍해 줄 만한 구석이 있겠지요.
하지만 애인이 다섯 명씩 무더기로 있었다면
그건 아예 애인이 없었다는 얘기가 아니겠어요?
여자란 누군가에게 자신의 도움이 간절히 필요하다고 생각하지요.
슬프게도 그런 누군가가 세상에는 없었지요.
그래서 생면부지인 낯선 남자를 만나
서로 부둥켜안고 또 부둥켜안아 보는 거예요.

그러다가 스스로가 가엾어서
찾아 다니는 일을 그만두었어요.
그래도 우연히 찾아지기를 기다렸지요,
떨어지려는 창가에서 제 운명을 잡아주는 남자를.

기적을 바라지 않게 되었을 때 돌연히 그 기적이 오더군요.
지금에 와서야 당신이 오시다니.

과거는 지워지지 않아요.
새록새록 후회할 수 있을 뿐예요.

이제 겨우 당신이 오셨어요.
이번에야말로 기뻐해야 할 텐데
기쁘지가 않아요. 저는 이미 지치고 너무 늦어 버린 걸요.

– 에리히 케스트너

푸른 나뭇가지 끝을 우러러

가난한, 쓸쓸한 거리의 뒷골목에서,
푸른 나무가 가늘가늘 자라고 있었다.

나는 사랑을 찾고 있었다.
나를 사랑할 마음 가난한 소녀를 찾고 있었다.
그녀의 손은 푸른 가지 끝에서 떨고 있다.
내 사랑을 얻기 위해,
늘 높은 곳에서 포근한 감정에 떨고 있었다.

나는 멀고먼 거리에서 동냥질을 했다.
비참하게도 굶주린 마음이 눈물을 흘렸다.
거지의 심정으로 밤낮없이 거리 뒷골목을 돌아다녔다.

사랑을 구하는 마음은,
슬픈 고독의 길고 긴 고달픔 끝에 찾아드는,
그것은 정다운, 커다란 바다와 같은 감정이었다.

길바닥 척박한 땅 위에 돋아난 푸른 가지 끝에서,
조그마한 잎사귀가 팔랄팔랑 바람에 나풀대고 있었다.

– 하기와라 사쿠타로

너는 가버리고

너는 갔다. 너는 언젠가 가버릴 것이다.
잿빛 비둘기들을 가슴에 안고
새벽 여명이 그 넓은 천을 우리의 주위에 펼칠 때

머리칼을 물들인 밤은 온다. 밤은 복숭아씨 냄새가 난다.
달이 박하 향내나는 밭 그루터기에 서 있다.
뱀장어가 자라고 있는 강 위에 이슬이 떨어진다.

너는 갔다. 엔치안의 피리들의 푸른 색은 검은 색으로 변했다.
뒤에 남은 것은 방과 모직치마 위의 코르드재킷의 푸른 색,
호기심 어린 모기 같았던, 지금은 없는 눈길,

불안과 청동의 목으로 벽지를 바른 벽들.
너는 갔다. 그리고 나는 이 방의 벽들을 사랑한다.
너의 유년의 얼굴로 칠해 놓은……

                            - 칼 크롤로브

예전처럼 그렇게

그녀는 하루종일 졸음 속에 누워 있었다.
나무 그늘이 온통 그녀를 둘러싸고 있었다.
여름의 단비가 흘러내렸다.
빗줄기가 나뭇잎마다 경쾌한 소리를 냈다.
그녀는 천천히 깨어났다
그리고 그 소리에 귀기울이기 시작했다.
인식의 사고 속에서 그렇게 오래도록 열중하여 듣고 있었다.
이렇게 자신과 이야기하듯 그녀는 오랫동안 속삭였다.

나는 그녀 앞에서 죽어 있었다, 그러나 살아 있었다.
아, 나는 이 모든 것을 얼마나 사랑했던가!

너는 지금 네가 사랑하는 것처럼
그렇게 사랑했었다.
아니다, 누구에게도 그 사랑을 다하진 못했다.
아, 이럴 수가! 이것은 영원한 것일까
나는 그녀를 내 가슴에서 떼어낼 수 없었다.

– 표드르 이바노비치 추체프

겨울 이야기

어제 들판은 흩날리는 눈으로 온통 흰색이었고,
이제 가장 긴 풀잎도 거의 보이지 않는다.
그러나 그녀의 깊은 발자국은 눈 위에 새겨져,
언덕의 맨 끝 솔밭길까지 이어져 있다.

난 그녀를 볼 수가 없다, 희뿌연 안개 스카프가
검은 숲과 흐릿한 오렌지빛 하늘을 흐려 놓았기에
그러나 그녀는 초조하게 추위에 떨며 기다리겠지.
흐느낌이 서리 같은 한숨 속에 스며들면서.

피치못할 이별이 가까이 와 있는 것을 알면서
왜 그녀는 그토록 빨리 나왔는가?
언덕길은 가파르고 눈 위에 내 걸음은 느린데
내가 뭐라고 말할지 뻔히 알면서
그녀는 왜 온 걸까?

-D. H. 로렌스

목소리

그는 그녀의 목소리를 따라갔다.
저녁이 물처럼 솟아올라
그의 두 눈에 넘쳐 흘렀다.
그러나 그는 그녀의 목소리를 따라갔다.
밤은 방울새의 깃털처럼 가벼웠다.
그는 밤을 그의 손바닥 위에 가늠하며
그녀의 목소리를 따라갔다.
그녀가 죽은 깃털 아래 묻혀 있다는 것을

마침내 그가 알았을 때
그의 손가락들은
다시 한 번 그녀와 이야기했다.
그리고 그녀에게 지저귀는 새소리의
메아리를 들려주었다.
검은 숲 위로 얼굴처럼 사라지는
그 오랜 추억을 위하여.

－칼 크롤로브

제 **3** 장

너를 바라볼 때
너를 바라볼 때
너를 바라볼 때
너를 바라볼 때

너를 바라볼 때

모든 시간들이 행복했습니다

혹시 우리의 만남이 이것으로 끝나지나 않을까
내가 그대를 실망시키지나 않았을까 하는
그런 걱정들을 빼놓고는
그대와 나는 사랑에 빠졌습니다

내내

나의 눈은 내내 너를 원한다
나의 머리카락은 네게로 날아간다, 종종
발 아래로 내 그림자가
너의 것과 섞인다, 소금알을
나는 너에게 흩뿌린다 일년 내내

　　　　　　　　　　　　　　− 사라 키르시

가을이 빨갛게 시든다

가을이 시든다 빨갛게 시든다.
맑은 날들은 마냥 흘러가기만 한다.
밤안개가 졸리운 그늘 속에서 음산하게 퍼져나간다.
무성했던 버드나무는 허전하고
개구쟁이 개울은 싸늘하기만 했다.
울창하던 숲은 어느새 잿빛으로 바뀌었고
푸르던 하늘은 창백하게 변했다.

나의 빛 나타샤, 너는 어디에 있니?
그러나 너를 본 사람이 아무도 없구나
단 한 시간만이라도 나와 있고 싶지 않니?
파도치는 호수 위에
향기로운 보리수 아래에서
너를 만날 수는 없는지.

72

이제 곧 겨울 추위가 숲과 들판에 찾아올 거야.
저녁연기 피어나는 오두막집에는
등불이 환하게 켜질 거야.
좁은 새장 안의 불새처럼 나는 보지 못할 거야
매혹적인 그녀를
집안에서 슬픔에 잠겨 회상이나 하게 될 거야
나타샤를……

– 알렉산드르 푸시킨

그대 자신을 사랑하십시오

사랑에 빠진 사람들은
사랑하는 사람의 귀에 대고
달콤한 목소리로 이렇게 속삭입니다.
"당신을 나 자신보다 더 사랑해요."

그러나 그대는
어찌 생각할지 모르겠지만
내가 내 자신을 사랑하는 것보다
그대를 사랑한다고 말한다면
그것은 거짓말이거나
그대를 덜 사랑하는 것으로
이해해도 좋을 것입니다.

나에 대한 그대의 사랑도
그대에 대한 나의 사랑도
내가 내 자신을, 그대가 그대 자신을
얼마나 사랑하고 있느냐에
달려 있는 것.

그대가 그대 자신을 사랑하듯
나를 사랑한다면
그대에 대한 나의 사랑은
더욱 깊어질 것입니다.

－U. 사퍼

사랑

키스로 나를 축복해 주는 너의 입술을
즐거운 나의 입이 다시 만나고 싶어한다.

너의 고운 손가락을 어루만지며
나의 손가락에 깍지를 끼고 싶다.
내 눈의 갈증을 네 눈에서 적시고,
깊숙이 내 머리를 네 머리에 묻고 싶다.
언제나 눈 떠 있는 젊은 육체로
네 몸의 움직임에 따라
늘 새로운 사랑의 불꽃으로
너의 아름다움을 계속 간직하고 싶다.

우리들의 마음이 온전히 가라앉고
모든 고뇌를 이겨내고 복되게 살 때까지.
낮과 밤에, 오늘과 내일에
다정한 누이로서 담담히 인사할 때까지.
우리의 모든 일상을 초월하여 빛에 둘러싸인 사람으로
조용히 거닐 때까지……

– 헤르만 헤세

밤이 빛나고 있었다

밤이 빛나고 있었다. 정원 가득 달이 누워 있었다.
그 빛은 불꽃도 없이 우리의 발 밑에, 객실에 스며 있었다.
우리 가슴이 그러하듯 피아노 소리의 그 현들이 떨렸다.

너는 눈물을 글썽거리며 먼동이 틀 때까지 노래했다.
사랑, 너는 하나다. 타인의 사랑은 없다.
너를 사랑하고, 너를 안고 네 앞에 울기 위해
그 노랫소리를 잃지 않고, 그렇게 살고 싶었다.

괴롭고 지루한 시간들이 흘러갔다. 그리고 예전처럼
이렇게 밤의 어둠 속에 너의 목소리가 다시 들렸다.
너는 하나다. 모든 삶은 하나이며 네 사랑도 하나다.

낯선 처녀지란 존재하지 않으며 삶은 끝이 없다.
만약 애수에 찬 너의 노랫소리를 믿는다면
나는 너를 사랑할 것이다. 너를 안고 네 앞에서 울 것이다.

– 아파나시예비치 페트

깊은 생각

눈보라가 먼지를 일으킨다, 그리고 운다.
하염없이 눈물을 흘린다.
적자색의 노을이 피어난다.
너는 떠나갔다.
나는 아무 말도 하지 않았다.
그러나 안개는 누워 있었다.
냉엄한 남빛으로 누워 있었다.

태초부터 우리는 혼자였다.
우리는 주위로부터 외면당한 채
우리는 하나뿐인
우리는 멀리 있는
친구, 멀고먼
그리고 고독
너의 길
우리는 결코 서로에게로 돌아가지 않으리!

－안드레이 벨르이

회상

난 너와 단둘이 앉아 있고 싶어,
단둘이 그 옛집 근처에서.
그 집은 추억의 강가에 있었지.
네 맨발 자국에서는 지난해 여름의 태양 냄새가 나.
그곳을 너와 나는 돌아다녔지.
아직 깎지 않은 풀밭 위로 하늘은 파란 빛,
교외 저편으로 사라졌었지.
음성이 울려퍼졌어,
그것이 내가 기억하는 전부야.
날짜를 헤아리는 일도 끝났어.
한 떼의 새처럼 이 모든 날들은
우리 발 밑에 모여들었지.
어떤 모이를 주어야 할지 모르겠어
사실 내겐 어떤 추억의
시 한 줄 남은 게 없거든.

– 니카 투르비나

그대 사랑을 안 것은

그 누구도 모르는
별과 별의 대화처럼 은밀한
내 눈동자와 그대 눈동자가 지켜볼 때
별은 깜박거리고 있었지요.
그때부터였어요.
그대의 사랑을 안 것은……

생전 처음으로 혼자 여행한 나에게
세상은 끝이 없다는 것을
알게 되어 놀랐던 때와 같이
슬픔으로 가득 찬 마음을 안고
당신을 위해 무릎을 꿇던 나.
그때부터였어요.
그대의 사랑을 안 것은……

                                    － 버지니아 울프

네가

아니다, 내가 그토록 사랑하는 것은 네가 아니다.
너의 아름다움이 빛나는 것도 나를 위함이 아님을
나는 네 속에서 지난날의 열정과
죽어가는 내 젊음을 사랑한다.

너를 바라볼 때
너의 눈을 나의 비밀스런 시선으로 쳐다볼 때
나는 숨가쁘게 이야기한다.
그러나 나는 가슴으로 너와 이야기를 하지 않는다.

나는 다른 유년의 날들과 이야기한다.
너의 모습에서 다른 영상을 찾고,
너의 발랄한 입술에서 오랫동안 침묵의 입술을 찾는다.
너의 불타는 눈동자에서 꺼져가는 눈빛을 찾는다.

　　　　　　　－미하일 유리예비치 레르몬토프

이제는 불가능한

어떤 향내도 맡을 수 없구나.
죽음이 어떤 냄새도 풍기지 않는다고
잃어버린 사랑, 대기, 일그러진 그림자 또한 향기를 내지 않는다고
말하진 마.

달빛이 오랫동안 저기 멀리서 그림자를 몰아내고
가슴이 고동치는 곳을
눈부시게 빛나는 장미꽃들로 가득 차게 했다.
그러나 달은 앙상하게 드러나 있는 뼈다귀
어떤 소리, 하늘의 메아리도 아닌
냉혹한 공허, 울림이 강한 벽
입맞춤의 소곤거림이 무너뜨리는 흙담.

뼈다귀는 돌덩이 투성이의 하늘로 아직도
꺼져버린 정적을 돌고, 깨뜨리고 싶어한다.
불꽃 장미를 꼭 움켜쥔 채
자신을 불사르는 육체에 입술을 가까이 가져가며.

                                    − 비센테 알레익산드레

사랑의 중력

떨어지는 돌은 얼마나 정직한가!
자신의 운명을 거스리지 않고 거대한 중력의 법칙을 따르는 돌.

나의 사랑을 이해하려 하지 마
나에게 설명하려 들지도 마
그냥 사랑을 따르면 되는 거야.
눈을 감고 모든 의심을 거둔 채
기억이란 없는 죽음에 네 몸을 맡겨야 하듯
사랑의 법칙에 백기를 들고
기꺼이 네 몸을 거기 담그는 거야.

하나가 되기 위함이 아니라
단순히 즐기려 하는 사랑이라면
거울처럼 서로 바라보는 그런 사랑이라면
차라리 하지 않는 것이 나으리.

공중을 떠다니는 나비처럼 구름처럼
날개 달린 사랑이라면 하지 않는 것이 좋으리.
너의 가장 깊은 곳에 들어앉은 중력을 찾아야 하리.
널 기다리고 있는 나의 거대한 중심을 향해
너를 이끄는 힘을 찾아야 하리.
커다란 사랑, 모든 연인의 사랑을……

- 패드로 살리라스

거울에 비친 엘사

우리의 비극이 무르익어 가고 있었다.
그런데 어느 긴 하루 내내 그녀는 거울 앞에 앉아
황금빛 머리를 빗질했고, 나는 그녀의 끈기 있는 손길이
타오르는 불길을 진압하는 걸 보고 있는 것 같았다.

그런데 어느 긴 하루 내내 거울 앞에 앉아
그녀는 황금빛 머리를 빗질했고 나는 말했어야 하리라.

우리의 비극이 무르익어 가고 있었다.
그녀는 알 수 없는 곡조 하나를 무심하게 하프로 켜고 있었다고
그 기나긴 하루 내내 거울 앞에 앉아……

그녀는 황금빛 머리를 빗질했고
나는 말했어야 하리라.
그 기나긴 하루 내내 거울 앞에 앉아
그 자리의 또 다른 사람은 말했어야 할 것을 말하지 못했지만
끊임없이 불꽃들을 타오르게 해줄 자신의 추억을 학대하곤 했다.

그리고 언제나 그 불길은
내 추억의 구석구석을 비춰주고 있다.

– 루이 아라공

사랑이 우리 사이로

사랑이 우리 사이로 떠올랐습니다.
한 번도 부둥켜안아 본 적 없는
두 그루 야자나무 사이로 달이 떠오르듯.

두 육체의 친근한 소곤거림은
사랑의 속삭임에 물결을 일으켰지만
거친 목소리는 짓눌리고 입술은 곧 굳어 버렸습니다.

휘감고 싶은 욕망이 육신을 움직이고
타오르는 뼈를 환히 비추었지만
서로를 향해 뻗으려던 두 팔은 그대로 굳어 버렸습니다.

사랑은 가버리고 달은 우리 사이에 남아
고독한 육체들을 먹어치웠습니다.
우리는 멀리 떨어져 서로를 찾는 두 개의 환영이 되었습니다.

　　　　　　　　　　－ 미겔 에르난데스

언제나 당신 곁에서

발코니의 푸른 풍경이 흔들릴 때
바람이 한숨 지으며 지나가고 있음을
당신이 믿는다면 내가 푸른 나뭇잎 사이에 숨어
한숨 짓고 있음을 알아주세요.

등 뒤에서 알 수 없는 희미한 소리가 울릴 때
아득한 목소리가 당신 이름을 부르고 있음을 믿는다면
당신 주위의 그림자들 사이에서
내가 부르고 있음을 알아주세요.

한밤중에 입술이 바짝 마르고
두려움으로 심장이 두근거릴 때
보이지는 않지만 당신 곁에서
내가 숨쉬고 있음을 알아주세요.

– 구스타보 베케르

오늘은

오늘은 하늘과 땅이 내게 미소짓고 있네.
오늘은 태양이 내 영혼의 바닥까지 비추고 있네.
오늘은 그녀를 보았네.
그녀도 나를 보았네.

한 우주를 보았네!

- 구스타보 베케르

이별

지금 여기 그녀의 떠남은,
아마도 예정된 운명이었는지도 몰라.
이별은 그 둘을 갈라놓을 것이고,
슬픔은 뼛 속까지 스며들리라.

그 사람은 주위를 둘러본다.
그녀는 떠나는 순간까지 옷장 서랍을 열어
모든 것을 뒤죽박죽 헝클어 놓았다.

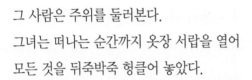

96

그는 배회하다가 어두워지기 전에
흩어진 의복이며 옷 만드는 견본을
서랍 속에 채워 넣는다.

바늘이 꽂힌 바느질감에 몸을 구부리고 있다가,
돌연 그녀의 모든 영상을 보고
가만히 눈물을 흘린다.

– 보리스 파스체르나크

사랑이 말을 할 수 있다면

사람이 사랑하는 것을 말할 수 있다면
사람이 자신의 사랑을, 햇빛 속에 떠다니는 구름처럼
하늘로 들어올릴 수만 있다면,
사람이 존재의 한가운데 우뚝 선 진실을 축하하기 위해,
오직 자신의 사랑의 진실만을 남기고,
무너지는 성벽처럼
스스로의 몸뚱어리를 쓰러뜨릴 수만 있다면,
자기 자신의 진실,
영광이라, 행운이라, 야심이라 부를 수도 없는,
사랑이나 욕망이라는 이름의 진실을.
그때는 내가 내 스스로 상상하는 그 사람이 되리라.
그 혀로, 그 눈으로, 그 손으로
사람들 앞에 아무도 모르는 진실을 밝히는 그 사람.
나는 누구에겐가 얽매어 있는 자유밖에는 자유를 모른다.
전율 없이 나는 그의 이름을 들을 수 없다,
그 사람 하나면 나는 이 추잡한 삶을 잊을 수 있다.
그 사람 하나 때문에 밤도 낮도 내게는 의미가 없다.

내 몸과 마음은 그의 몸과 마음 속에 떠다닌다.
바닷가를 떠올리고 빠뜨리는 길 잃은 뗏목처럼
자유롭게, 사랑으로 얻은 자유를 누리며,
나를 흥분케 하는 유일한 자유,
나를 죽이는 자유.

너는 나의 존재를 정당화한다.
내가 너를 몰랐다면 나는 살지 않았다.
너를 모르고 내가 죽는다면, 나는 죽지 않을 것이다,
나는 살지 않았으니까.

– 루이스 세르누다

제 **4** 장

사랑이 우리 사이로

사랑이 우리 사이로

사랑이 우리 사이로

사랑이 우리 사이로

사랑이 우리 사이로

사랑보다 더 아름다운 것은 없다라는 생각을 자주
떠올리곤 합니다

그대 사랑은 그대가 내 우주를 채우고
내가 그대 우주를 채울 때에만 피어난다는 것을 알고 있습니다
그대의 흔들리는 마음도 오직 나의 사랑을 위해서만
존재한다는 것을
비로소 깨달았기 때문입니다

비

당신은 떠났어요, 그러자 갑자기
아스팔트가 젖고
나뭇잎의 빛깔도 얼굴을 돌리네요.
방금 베어온 건초더미 냄새가
안타깝게 서 있는 내 볼을 감싸네요.
피곤한 먼지를 뒤집어쓴 풀들만
생기를 되찾아 나를 비웃네요.

하지만 당신은 떠났어요.
쓸쓸히 혼자서……

－ 아이징거

사랑의 눈빛

연인이여, 언제 가장 잘 보는가.
빛 속에서, 내 눈의 정령들이
그대의 모습 앞에서 그대를 통해 알게 된
'사랑의 신'에게 엄숙한 숭배를 올릴 때인가.
혹은 어둠 속에서 단 둘이 만나
진한 키스로 호소하듯 조용한 이야기로
날이 밝기 전에 가리워진 그대의 빛나는 얼굴이 되어
오직 그대의 영혼만을 볼 때인가.

오 내 사랑이여! 그대를 좀 더 볼 수 있다면.
땅 위에 내린 그림자가 아니고
어느 샘터에 비친 눈이 영상이 아닌 그대를.
그때 말라죽은 '희망'의 낙엽이 땅을 쓰는 소리
불멸하는 사신의 날갯짓 소리는
저물어가는 '생명'의 언덕 위에 어떤 소리를 내겠는가.

- D. G. 로제티

연 가

내 입맞춤은 깊이 틈새 벌린 석류,
네 입술은 종이 장미였다네.

눈 덮인 들녘 땅.

내 양손은
모루를 향한 무쇠,
네 육신은 종소리 울리는 낙조였다네.

눈 덮인 들녘 땅.

구멍난 푸른 빛의 해골 속에
종유석은 사랑하는 당신 모습을 만들었다네.

눈 덮인 들녘 땅.

철없던 내 꿈들은 곰팡이가 가득 피고,
솔로몬 같은 내 고통은 달에까지 사무쳤다네.

— 가르시아 로르카

사랑의 싹틈

사랑이 어떻게 싹텄지? 가을.
세상은 무르익고
널 기다리진 않았어. 넌 기쁜 듯
엷은 금발머리가 다정다감한 시간 속에 미끄러지며
다가왔지. 그리고 난 너를 바라봤어, 네 아름다움
미소짓는 또랑또랑한 모습
마주 보이는 달이 소녀 티를 벗지 못한 조숙함을 드러내며 오후에
대기를 찬란히 비추는 우아한 빛도 없이 떠 있고 너 또한
입맞춤도 없이 푸르름으로 다가왔지만
깨끗한 치아와 성급한 사랑을 지녔구나!

널 지켜보았어, 슬픔이
멀리서 오므라들며 물결을 내쫓는 살찐 바람처럼
기다란 천으로 가득 차 있음을.
실처럼 가는 빗줄기가
참신한 네 이마를 적셨지. 연인, 연인은 빛의
운명이었어! 그토록 눈부신 너를 보았지, 햇빛이
네게 감히 이글거리는 열정, 다정스런 윤무를

고집할 수도 타오르게 할 수도 없는
햇살은 오직 너, 너무나도 예쁜
말갛게 기쁨에 차 있는
오후의 습기찬 마지막 빛줄기를 빨아들이고
아직도 남아 있는 아침의 여명을 뱉어내는
육체 주위만을 맴돌았어,

너는 사랑, 운명, 뜨거운 최후의 사랑
어쩌면 죽음을 향한 마지막에서 두 번째의 탄생일까
하지만 아냐, 넌 모습을 드러냈어. 새, 육체,
영혼만으로? 아! 반투명한 네 육체는
미지근한 두 개의 날개,
가슴이 출렁이며 빨아들이는 공기처럼 입맞춤했지.
그리고는 네 말, 네 향기를 난 느꼈어
깊숙한, 환히 속이 비치는 영혼 속에서
넌 진실한 마음을 주었지. 빛의 내부까지 네 속을 꿰뚫고
난 슬픔, 사랑의 슬픔을 느꼈어, 사랑은 곧 슬픔.

내 영혼에선 날이 밝았어. 네게선

빛이 나고, 네 영혼은 내 안에 있었지

난 입 안으로 오로라 같은 맛이 들어옴을 느꼈어

내 눈은 금빛 진실을 보여 주었어, 가슴이

귀멀어지며 이마 위로 지나가는 새들의 지저귐을 들었어,

안으로 눈을 돌려

꽃다발, 반짝이는 시냇물, 팔딱거리는 날개들을 보았지,

오색빛깔의 깃털들이 불붙은 채

펄럭임은 날 도취시켰고 절정에 달해 있는 내 존재는

격렬하게 미친 듯 타올랐지,

그리곤 내 피가 쏴아 소리를 내며

사랑, 빛, 충만, 물거품의 환희 속으로 흘러 떨어지고 있었어.

- 비센테 알레익산드레

쌍둥이

아마도 내일 낮,
다른 세상에서
난 내 짝에게 한
약속을 지키게 될 거야.
그 애는 내 그림자,
내가 말하지 않는 말.
그 애는 나의 불행이며
나의 고통.
내 뺨의 마르지 않는 눈물은 그 애의 것.
그 애의 슬픈 눈은
나의 눈.
이제 거울에서 나를 빼내자.
거울을 깨뜨리자.
그래도 그 애의 그림자는
여전히 내 안에 남아 있다.

– 니카 투르비나

말해다오, 사랑이여

그대의 모자가 살며시 들려 인사를 하고, 바람에 나부낀다.
그대의 모자 벗은 머리는 구름을 매혹시키고.
그대의 심장은 어딘가 다른 곳을 헤매며,
그대의 입은 새로운 언어들을 삼킨다.
이 땅에서는 방울내풀이 무성하고,
여름은 별꽃들을 피고 지게 한다.
꽃가루에 눈이 아픈 그대는 얼굴을 들고,
웃고 울며 그대 자신으로 인해 지쳐간다.
그대에게 또 어떤 일이 일어날지

내게 말해다오, 사랑이여!

공작이 화려하게 놀란 몸짓으로 꽁지를 펴는구나.
비둘기가 목덜미깃을 추켜 세우니,
구구거리는 새소리로 충만한 대기가 부풀고,
숫오리도 꽥꽥거린다. 온 땅은
야생의 꿀을 섭취하며, 한적해진 공원에서도
금빛 꽃가루가 모든 화단의 테두리를 감싸고 있구나
물기가 홍조를 띄우며, 무리들을 앞질러
조가비 동굴을 지나 산호밭으로 뛰어들고,
은빛 모래 장단에 맞춰 전갈이 수줍게 춤을 추고,
풍뎅이는 먼데서부터 황홀한 암컷의 냄새를 맡는구나
내게도 그 같은 감각이 주어졌다면, 나 역시 느낄 수 있을 것을,
암컷의 감각 밑에서 날개가 아른거리는 것을.
그리고 아득히 먼 산딸기 숲으로 갈 수 있으련만!

말해다오, 사랑이여!

물은 말을 할 줄 알고,
파도는 파도와 손을 잡는다.
포도밭에서는 포도송이가 무르익어, 터져나와 떨어지는구나.
저토록 순진하게 집에서 기어나오는 달팽이를 보라!
돌덩이도 다른 돌을 부드럽게 할 줄 알건만!

말해다오, 사랑이여! 내가 설명할 수 없는 것을.

– 잉게보르크 바하만

사랑의 비밀

그대 사랑 말하려 애쓰지 마라.
사랑은 안 되는 것을
어디서 아는지 알 수도 없고
보이지도 않는 바람 같은 것.

내 일찍이 사랑을 말하였었지, 내 마음의 사랑을 말하였더니
그녀는 두려움에 떨며 싸늘한 눈빛으로
내 곁을 떠나고야 말았지.

그녀 떠나간 지 얼마 안 되어
고요히 보이지도 않게
나그네 하나가 가까이 오더니
한숨지으며 그녀를 데려가 버렸지.

– 윌리엄 블레이크

나의 마음을 위해서라면

나의 마음을 위해서라면 당신의 가슴으로 충분합니다.
당신의 자유를 위해서라면 나의 날개로 충분합니다.
당신의 영혼 위에서 잠들어 있던 것은
나의 입으로부터 하늘까지 올라갑니다.

매일의 환상은 당신 속에 있습니다.
꽃관에 맺혀 있는 이슬처럼
당신은 사뿐히 다가옵니다.
당신의 모습이 나타나지 않으므로
당신은 지평선을 파고들어갑니다.
그리고는 파도처럼 영원히 떠나갑니다.

소나무 돛대처럼 당신은 바람을 통해
노래한다고 나는 말했습니다.

그들처럼 키가 크고 말이 없지만 길 떠난
나그네처럼 갑자기 당신은 슬픔에 잠겨 버립니다.

옛 길처럼 당신은 언제나 다정합니다.
산울림과 향수의 소리가 당신을 살포시 얼싸안아 줍니다.

당신의 영혼 속에서 잠들던 새들이 날아갈 때면
나는 깊은 잠에서 깨어납니다.

                              – 파블로 네루다

아름다운 사랑이여, 나는 분명 너보다 오래 살 것이다

아름다운 사랑이여, 나는 분명 너보다 오래 살 것이다.
그리고 여기, 난로가 양탄자 위에서
발을 움직거리고 콧구멍을 씰룩거리고
높은 소리로 낑낑 대면서 꿈을 꾸고 있는
나의 작은 개, 루엘린도 너보다 오래 살 것이다.
덫이나 엽총이 그를 해치우지 않는 한은.

앵무새와 거북과 삼나무는
사람들보다 더 오래 살고
사람은 개보다 더 오래 살며
개들은 사랑보다 긴 목숨을 산다.

아름다운 사랑이여,

내 너를 나의 집안으로 데려오다니, 얼마나 바보였나.

나의 낮과 밤을 빚어 너를 즐겁게 하고

내 모든 희망을 네 주위에 집중시키려 했다니.

덫이나 엽총이 나를 해치우지 않는 한

분명 내가 너보다 더 오래 살 것임을 잘 알면서도.

– 빈센트 밀레이

내 사랑은

오, 내 사랑은 유월에
새로 피어난 빨갛고 빨간 장미 같아요.
오, 내 사랑은 아름다운 가락으로
연주되는 멜로디 같아요.

내 귀여운 처녀야, 그대 참 예뻐서
난 그대를 몹시 사랑하고 있어요.
오, 그대여 난 그대 사랑하리 언제까지나
바다가 모두 마를 때까지.

오, 그대여 바다가 모두 마를 때까지
바위가 태양의 빛으로 녹을 때까지,
오, 그대여 난 그대 사랑하리 언제까지나
인생의 모래시계 다 할 때까지.

내 하나뿐인 사랑이여, 그대 잘 있어요!
내가 없는 동안 잘 있어요!
오, 내 사랑, 난 다시 오리니
비록 멀리 떨어진 어느 먼 곳에 있을지라도.

- 로버트 번즈

서른세 살의 여자

그녀는 그 모든 것을 다르게 생각했었다.
항상 녹슨 이 폭스바겐
하마터면 한때 빵장수와 결혼할 뻔했다.
먼저 그녀는 헤세를 읽고 다음에 한트케를 읽었다.
이제 그녀는 가끔 침대 속에서 글자맞추기 퀴즈를 푼다.
남자들한테는 관심을 두려 하지 않는다.
그녀의 마지막 남자 친구였던 교수는
항상 얻어맞고 싶어했다.
그녀에게 너무 헐렁한 녹색의 날염 옷
실내 보리수 위에 앉은 진딧물
원래 그녀는 미술을 하든가 해외로 이주하려 했다.
그녀의 박사논문 제목은 '1500년과
1512년 사이에 울름에서 발생한
계급 투쟁과 민요에 나타난 그 자취'
장학금, 새로운 시작들, 그리고
메모지투성이의 여행 가방.
가끔 할머니가 그녀에게 송금을 한다.

목욕탕에서의 수줍은 춤, 얼굴을 약간 찡그리며
몇 시간이고 거울 앞에서 하는 오이 마사지
그녀는 말한다, 난 굶지는 않을 거야.
그녀가 울 때면 열아홉 살의
처녀처럼 보인다.

– H. H. 옌젠스베르거

나의 수호신

오, 마음의 기억이여! 그대는
이성의 슬픈 기억보다 강하다
그리고 자주 감미로움으로
먼 곳에서 나를 사로잡는다.
나는 사랑스런 밀어를 기억한다.
나는 푸른 눈을 기억한다.
나는 자연스럽게 말아 올린 금빛 머리카락을 기억한다.
비길 데 없는 내 양치기 처녀의
모든 소박한 옷차림을 기억하고,
잊을 수 없는 사랑스런 이미지가
어디든지 나를 따라다닌다.

나의 수호신……
이별을 달래려 사랑으로 주어진 것이다.
잠이나 잘까? 그는 베개 맡에 허리 굽혀
내 슬픈 잠을 위로하리라.

– 바추시코프

오로지 당신만을 사랑하기에

당신을 사랑하기에 밤이면 나는
그토록 설레며 당신에게로 가서 속삭였지요.
당신이 나를 영원히 잊지 못하도록
당신의 마음을 가져왔지요.

당신의 마음은 나와 함께 있으니
좋든 싫든 오로지 내 것이지요.
설렘 속에 불타오르는 내 사랑 때문에
어느 천사라도 그대를 데려가진 못할 거예요.

― 헤르만 헤세

126